UN PATO EN TRACTOR

UN PATO EN TRACTOR

David Shannon

SCHOLASTIC INC.

Allá en la granja, a Pato a veces se le ocurrían ideas disparatadas. Un día se le ocurrió montar en bicicleta y lo hizo. Entonces vio un tractor.

—Apuesto a que puedo conducir un tractor —dijo.
Los demás animales no estaban tan seguros.
—Si puede montar en bicicleta, es posible que
también pueda conducir un tractor —dijeron.

Pato se subió al
tractor y miró a su alrededor.

Pisó unos pedales y movió una palanca de metal, pero no
sucedió nada. Entonces se fijó en una piececita de metal que
había junto al volante. La haló hacia fuera. La empujó hacia
dentro. La hizo girar… De pronto, el tractor se estremeció,
tosió, retumbó y… ¡empezó a moverse!

Al principio se movía
muy despacio y daba
sacudidas, ¡pero era muy
divertido! Pato condujo alrededor
del granero hasta que consiguió dominar el tractor,
y luego se detuvo frente a los demás animales.

—¡Súbanse todos! —gritó Pato.

Perro fue el primero. Se sentó de un salto al lado de Pato.
—¡Guau! —dijo Perro. Pero lo que pensó fue: "¡Nos vamos de paseo!".

Para sorpresa de todos, Vaca fue la siguiente que se trepó.
—¡Muu! —dijo Vaca. Pero lo que pensó fue: "¡Esta es la cosa más ridícula que he hecho en mi vida!".

Cerdo y Cerdo se sentaron detrás.
—¡Oinc! —dijeron Cerdo y Cerdo.
Pero lo que pensaron fue: "¡Esto es mejor que caminar!".

Luego llegaron Gallina, Ratón y Cabra.

—¡Cloc! —dijo Gallina. Pero lo que
pensó fue: "¡El último es un huevo podrido!".

—¡Chiii! —dijo Ratón. Pero lo que pensó
fue: "¡Puedo verlo todo desde aquí arriba!".

—¡Maaa! —dijo Cabra. Pero lo que
pensó fue: "Tengo hambre. ¿Tendrá
autoservicio el vertedero?".

Los siguientes fueron Caballo y Gato. Gato saltó con gracia al tractor. Caballo, no tanto.

—¡Miau! —dijo Gato. Pero lo que pensó fue: "¡Iba a echar una siesta, pero esto va a ser *muy* interesante!".

—¡Jiii! —dijo Caballo. Pero lo que pensó fue: "¡Creo que prefiero caminar!".

La única que quedaba en el suelo era Oveja.

—¡Beee! —dijo Oveja. Pero lo que pensó fue: "¡Esto es *demasiado* peligroso!".

—¡Sube, Oveja! —le gritaban todos, pero Oveja no se movía. Entonces, Pato empezó a conducir sin ella.

—¡Esperen! ¡No me dejen sola! —gritó Oveja. Corrió tras el tractor y se subió de un salto volador.

—¡Cuac! —gritó Pato. Pero lo que pensó fue: "¡ALLÁ VAMOS!".

Pato condujo el tractor por la vereda
hasta salir a la carretera. Y al poco
rato, estaban conduciendo por el
medio del pueblo. Era la hora
del almuerzo y la mayoría de
las personas estaban en el
restaurante. Todos alzaron
la vista cuando Pato y los
demás animales pasaron
frente al ventanal.

Un niño llamado Edison estaba almorzando con su abuela.
—¡Habrase visto! —dijo la abuela asombrada. Pero lo que pensó fue: "¿Un pato en un tractor? ¡Eso es imposible!".

—¡Es fantástico! —gritó Edison. Pero lo que pensó fue: "¡Nadie va a creerlo!".

Marcine, la mesera, alzó la vista de su bloc y miró a Gato.
—¡Cielos! —exclamó. Pero lo que pensó fue: "Me gustan los gatos".

Bob, el ayudante del sheriff, soltó lo primero que le vino a la cabeza. —¡Esto es el colmo! —dijo. Pero lo que pensó fue: "¿Cómo le voy a explicar esto al sheriff?".

Un hombre llamado Otis intervino.

—¡Debo de estar viendo visiones! —dijo. Pero lo que pensó fue: "¡Ay, no, *otra vez* no!".

—¡Caray! —exclamó Manny, el cocinero. Pero lo que pensó fue: "¡Caray!". (Manny casi siempre decía lo que pensaba).

El alcalde casi se atraganta con el pastel.

—¡Caracoles! —balbuceó. Pero lo que pensó fue: "¡Esos cerdos están más gordos que yo!".

Corky se limitó a silbar. Pero lo que pensó fue: "¡Ese pato es más inteligente de lo que parece!".

—¡Mira eso! —exclamó Gwen saliendo del baño. Pero lo que pensó fue: "¡No veo nada sin espejuelos!".

El granjero O'Dell se quedó mirando.
—¡Ese tractor es de primera! —dijo. Pero lo que pensó fue: "¡Oye, ese es *mi* tractor!".

Decidió que lo mejor era perseguirlo, y salió corriendo.
Todo el mundo salió corriendo detrás de él.

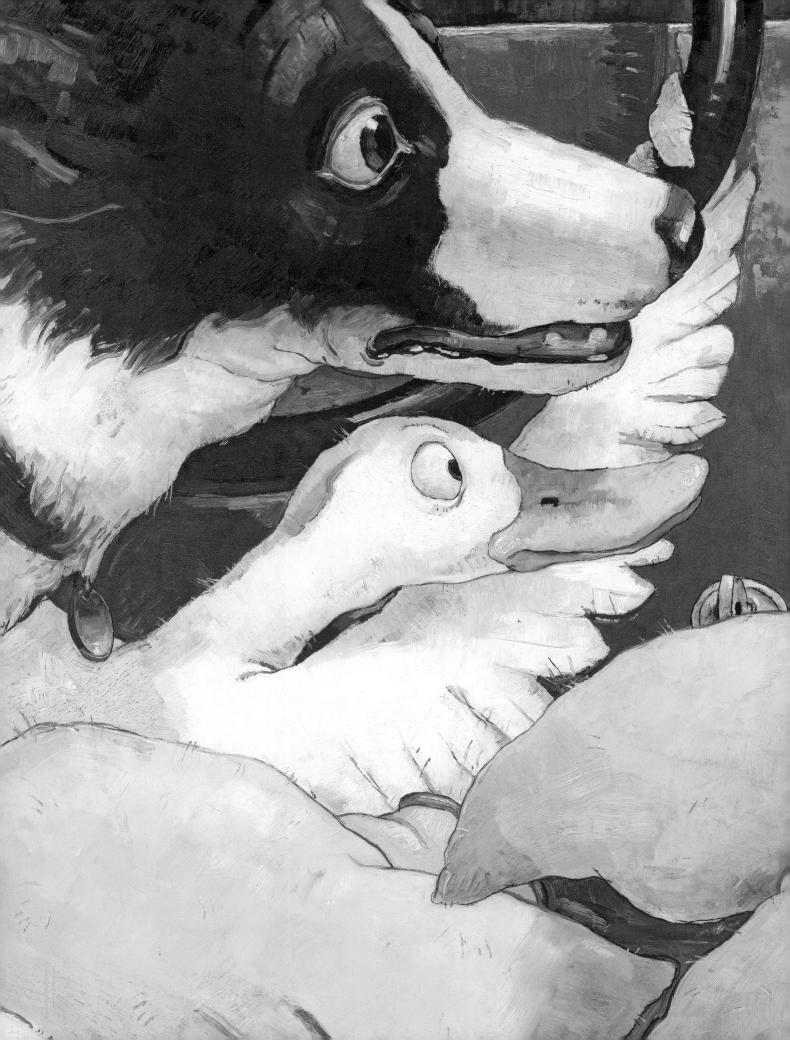

Para entonces, Pato había doblado la esquina.
El tractor se estremeció y se detuvo. Pato trató de
volver a hacer girar la brillante piececita metálica,
pero nada pasó.

—No sé mucho de ortografía —dijo Perro—,
pero creo que "V" quiere decir "VÁYANSE".

—Saben algo… —dijo Oveja aclarándose la garganta—.
Me parece que vamos a meternos
en problemas por esto.

—¡Salgamos de aquí! —gritó Pato,
justo cuando el granjero O'Dell y toda la gente
del restaurante doblaban la esquina.

Todos se echaron a reír.

—¡Qué va! —dijeron—. ¡No podía ser!

—¡Fue una ilusión óptica! —exclamó Otis.
El granjero O'Dell dijo que debía de haber dejado
el tractor encendido por accidente.

—¡Eso lo explica todo! —dijo Bob, el asistente
del sheriff. Y todos volvieron al restaurante
a terminar de comer.

Y nadie admitió nunca que ese día habían visto
una vaca, una cabra, un gato, un perro,
una oveja, una gallina, un caballo, dos cerdos,
un ratón y un pato en un tractor.

A Fergus

Originally published in English as *Duck on a Tractor* • Translated by Eida de la Vega
Copyright © 2016 by David Shannon • Translation copyright © 2016 by Scholastic Inc.
All rights reserved. Published by Scholastic Inc., *Publishers since 1920*. SCHOLASTIC, SCHOLASTIC EN ESPAÑOL,
and associated logos are trademarks and/or registered trademarks of Scholastic Inc. • The publisher
does not have any control over and does not assume any responsibility for author or third-party websites
or their content. • No part of this publication may be reproduced, stored in a retrieval system,
or transmitted in any form or by any means, electronic, mechanical, photocopying, recording, or otherwise,
without written permission of the publisher. For information regarding permission, write to
Scholastic Inc., Attention: Permissions Department, 557 Broadway, New York, NY 10012. • This book is
a work of fiction. Names, characters, places, and incidents are either the product of the author's
imagination or are used fictitiously, and any resemblance to actual persons, living or dead,
business establishments, events, or locales is entirely coincidental.
ISBN 978-1-338-04400-3
10 9 8 7   20 21
Printed in the U.S.A.   40   First Spanish printing 2016

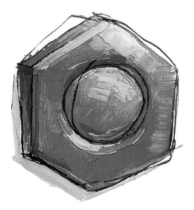